Il papà della regina del ghiaccio

Roberta Blackmore

Contenuti

Riepilogo

Avery Blanc è conosciuta come la "Regina di ghiaccio" del mondo aziendale perché è gelida, formidabile e precisa. La sua vita non è così perfetta come sembra, tuttavia, e quando rimane incinta dopo un incontro non intenzionale di una notte, ha deciso di tenere il bambino. Per placare la sua famiglia, fa in modo che la sua attraente segretaria agisca come padre del bambino e del suo fidanzato. In realtà, Tristan Hayes è il falso papà e la fidanzata del suo datore di lavoro, nonostante abbia fatto domanda per un lavoro come segretaria. Man mano che conosce di più Avery, finisce per innamorarsi di lei, ma i misteri che circondano la sua vera identità minacciano di distruggere tutto ciò che hanno costruito insieme.

Capitolo 1 - Una notte da ricordare

Coglione egoista che pensa solo a se stesso. L'offerta è stata prontamente scartata da Avery Blanc, che ha riportato la concentrazione sul suo lavoro. Ma la concentrazione era sfuggente. Douglas Marsh ha costruito una carriera manipolando gli altri per i propri fini. Quando si trattava di questo, era l'esperta indiscussa. Per quanto ne sapeva, l'offerta era il suo ultimo sforzo per farla innervosire. Per mantenere la tradizione. Dato come le cose si erano concluse tra loro, era prevedibile che avrebbe fatto qualcosa del genere. Avrebbe dovuto prevedere che, visto come erano andate le cose tra loro, lei avrebbe ingerito un gallone di carburante per aerei piuttosto che presentarsi a il suo matrimonio. Raddrizzò la schiena e protese il mento in fuori mentre fissava intensamente il suo laptop. Non c'era bisogno che l'amministratore delegato di una delle società di maggior successo di New York se la prendesse con il suo ex, che era un idiota senza valore. Avery sentì un leggero bussare alla porta e balzò sull'attenti. Mentre Tristan sorrideva a malincuore e portava dei regali, si presentò. Mentre posava il muffin al caffè e gocce di cioccolato, lei trattenne la sua ira. Rispose: " Grazie", ma la sua bocca era sigillata. Non c'era bisogno di disturbare la sua solitudine in quel momento. Tuttavia, la sua segretaria si è comportata come se non ne fosse a conoscenza, come è sua abitudine. Si sedette alla sua scrivania, fissando distrattamente il suo cestino della spazzatura. Come in: "Va tutto bene?" Un punto interrogativo apparve nei suoi occhi. Sei un po' distratto, a quanto pare. Un sospiro sfuggì alla morbida pelle mentre si rilassava sul sedile. Incrociò le braccia sul petto e lo guardò con un'espressione perplessa. Vide il suo tentativo consapevole di impedire che il suo sguardo si spostasse sulle sue gambe. Stava facendo uno sforzo concertato per evitare di intrappolare accidentalmente l'orlo della sua costosa gonna mentre le saliva su per le cosce. Non poteva dire che non le piacesse il modo in cui faceva sentire i ragazzi. Sei diverso, devi capire quello.» Mentre si muoveva, si sentiva un po' fuori posto. Come puoi spiegarlo? ""Sembra semplicemente che tu abbia un sesto senso delle mie esigenze." Un sorriso di realizzazione apparve sul suo volto, e lei lo guardò con soggezione. La vista le causò una contrazione nel petto. Tranne ora, disse, la sua voce d'acciaio e gelida. Il suo sorriso svanì in un istante. seduto sulla sua scrivania. Non avresti dovuto bussare alla mia porta dato che è chiusa. "Mi dispiace, solo... "Non avevo nemmeno bisogno delle tue scuse" aggiunse bruscamente. Le parole che gli disse furono come un ghiacciolo che affondò dritto nella sua anima. Invece di sentirsi giù, Avery riuscì a trovare un po' di conforto. Alla vista del suo volto tormentato, il nodo si sciolse. La tensione che non si era allentata da quando aveva accettato quell'invito sconsiderato. Mi scuso, signorina Blanc. Scusa se ti ho offeso. Esci, lo fissò con fermezza. Quando si alzò dalla sua scrivania, Tristan sospirò e sembrò sconfitto. Continuò fino a quando fu davanti alla porta del suo ufficio, a quel punto si voltò. Per favore dimmi se c'è qualcos'altro che posso portarti." chiese, la voce incrinata per lo sforzo di mantenere la calma. fottilo. Per lei, non importava come si sentiva in quel momento. Tutto quello che è successo è stata colpa sua da quando è entrato con la forza. s clientela privilegiata e altri di rango sociale simile. È un club esclusivo e nessun altro è il benvenuto. Inoltre, era richiesto loro di indossare maschere in ogni momento, rendendole completamente irriconoscibili a tutti, anche gli uni agli altri. Solo coloro che sono stati invitati sono ammessi. I clienti potevano fare quello che volevano, con chiunque volessero, senza preoccuparsi dei tabloid del giorno successivo. Avery ha ordinato un "martini sporco" dal barista e si è seduto. Inoltre, continua a inviarli. Avery ha bevuto il suo primo martini nel tentativo di attenuare la sua irritazione, ma ha avuto l'effetto opposto. Ne sbuffò un altro e la sua impazienza crebbe. Il barista si sporse in avanti sul bancone e disse: "Fammi indovinare". "C'è qualcosa che devi toglierti dalla mente." "Posso" t credere alla sua sfrontatezza, per la mia vita!" Voglio dire, eccomi qui, a cercare di togliermi dalla testa questo ragazzo negli ultimi cinque anni, e lui mi invita al suo matrimonio! Sai quanto è frustrante? "Avery fece segno al barista che il suo bicchiere era vuoto e lei ne ricevette subito uno nuovo. Ti fa rivolere indietro, o cosa?" Ha ingoiato il drink e ha lanciato un'occhiata torva al barista, dicendo: "Dio no, il trauma emotivo che ha fatto me è stato abbastanza per durarmi una vita. "Sono passati cinque anni dal giorno in cui ha schiacciato le mie speranze e ambizioni, e sembra che non possa ancora lasciar andare. Sembra che non puoi nemmeno lasciarti andare", ha affermato il barista come posò la ricarica. Lei abbassò la testa e spostò la bevanda tra i palmi delle mani. Incredula, raccontò al barista la sua storia come se fosse un'alcolizzata. Tuttavia, ne ho tratto un po' di sollievo. Ho dedicato la maggior parte della mia vita a quell'unica persona. Ho provato qualcosa per lui per molto tempo, ma alla fine mi ha cacciato via. Poi ho deciso di andarmene. Sinceramente non ho nemmeno pensato di voltarmi. Anche se lo neghi, quello che ti ha fatto brucia anche se per te è stato difficile. Ti dispiace se ho offerto dei suggerimenti? "Voglio dire, perché diavolo no?", chiese, alzando il bicchiere prima di asciugarlo. Non dovresti permettere a un ragazzo come lui di avere potere sulla tua vita o sulle tue emozioni perché sei ancora giovane e sei meravigliosamente stupendo . Sembrava che lo facesse da molto più tempo di quanto fosse accettabile. Non soffermarti sul passato e inizia a vivere nel presente. Dopotutto, è la tua unica opzione. La logica nelle sue osservazioni le ha permesso di indurire di nuovo il suo cuore. Tese il bicchiere appena riempito e disse: " iniziando alla base del collo e finendo da qualche parte nella parte superiore del petto. Si alzò e fece scivolare le mani sulle cosce, il dito medio aleggiava appena sopra il seno, prima di allungarsi e seppellirlo tra i capelli. Non passò molto tempo prima che si rendesse conto di essere osservata. Sì, aveva attirato l'attenzione su di sé. Ovviamente, tutti lo vogliono. Tuttavia, non è stato così. Ci aveva pensato molto, e si è visto. Si girò delicatamente sulla pista da ballo, il suo sguardo percorse la folla finché non si posò su un singolo individuo.

Qualcuno si nascondeva nell'ombra, seduto al suo posto tutto solo e controllandola spudoratamente per tutto il tempo. Era attratta da lui dall'aura di mistero e oscurità che lo circondava. Il mistero l'ha affascinata e lei vuole approfondire le sue viscere. Ha preso una piega in avanti, chiaramente soddisfatta di quello che vide, e lei non poté fare a meno di arrendersi. Avery continuò la sua danza sensuale, ma questa volta si esibiva per lui da sola. Mantenne un contatto visivo costante con l'uomo sconosciuto mentre questi muoveva liberamente le mani sul suo corpo. La donna accettò il suo contorto invito a unirsi a lui al suo tavolo. Il suo cuore batteva forte mentre camminava verso di lui. I suoi occhi nocciola brillavano attraverso la raffinata lavorazione incastonata di gioielli della sua maschera nera opaca, anche nell'oscurità totale. I suoi capelli color caramello erano ben pettinati all'indietro e la sua mascella era abbastanza affilata da tagliare un mattone. Avery vide il modo delizioso in cui il suo abito nero di Armani si aggrappava al suo fisico muscoloso e commentò: "Sembra che tu apprezzi ciò che vedi". La sua fronte si corrugò mentre picchiettava sul sedile vuoto accanto a lui. C'è qualche donna meravigliosa che vorrebbe venire a bere qualcosa con me? "Una pozza di calore si è formata tra le sue gambe mentre il basso rombo della sua voce risuonava attraverso le sue ossa. È difficile pensare che un ragazzo misterioso e meraviglioso come te non abbia già compagnia", dichiarò Avery sedendosi accanto a lui .Quando c'è la possibilità che io possa incontrare qualcuno interessante come te, perché dovrei prendermi la briga di portare qualcun altro? Si avvicinò molto a lei e disse: ". Avery si accarezzò il petto nudo e aggiunse: "Quel tipo di belle parole ti conquisterà una lunga strada." Dimmi solo di cosa hai bisogno. Mentre le sue mani indugiavano sulla sua coscia, le chiese. Avery non aveva mai avuto una chimica così istantanea con un'altra persona, eppure c'era qualcosa nel ragazzo sconosciuto che non poteva negare. Non stava cercando di entrare in contatto con nessuno, ma era qualcosa di completamente diverso. Era come se lui avesse una sorta di incantesimo che le faceva dimenticare lo scopo della sua visita, e lei desiderava che quell'effetto rimanesse per sempre. Mormorò: "Prenderò un altro martini" ed entrò per dare un'occhiata più da vicino. Le gettò un braccio intorno alle spalle e disse: "Sei straordinariamente adorabile." Si sentì immediatamente a suo agio dal calore che proveniva da lui. Era come un balsamo per il suo spirito turbato. Divenne così assorta nel momento che cedette al suo travolgente desiderio di toccarlo. La sua presenza era proprio ciò di cui aveva bisogno in quel momento. L'unico modo per dimenticare i suoi problemi era stare con lui. Potrebbe essere in grado di aiutarla a mettere il passato nel passato. Ha osservato mentre faceva scivolare le dita sulla sua gamba: "Che incantatore. Una donna sarebbe sciocca a dire di no. "Le prese la mano e la tenne alla sua massiccia asta completamente eretta senza dire una parola o esitare. Avery contemplò la sensazione di portarlo dentro di sé e si morse il labbro inferiore. Nel momento in cui iniziò a toccarlo, lui emise un profondo sospiro. La sua voce tremava mentre diceva: "Dannazione, è fantastico". Il modo in cui le sue parole si eccitavano il suo ardore era meraviglioso, e lei vuole di più. Perché non mi baci se è così piacevole?" "Prese le labbra sulle sue e pretese con forza ciò che voleva. La sua energia sessuale sobbalzò attraverso di lei a ondate, risvegliando tutte le sue estremità nervose. L'intensità del loro bacio crebbe rapidamente Gli sembrava che potesse ingoiarla per intero in quel momento.Cedette volentieri alle sue avances.Tutto quello che voleva era perdersi tra le sue braccia.Essere catturata da un ragazzo rude e maschilista che l'avrebbe fatta sottomettere. Le sue dita si mossero lentamente lungo la sua coscia nuda e si annidarono tra le sue gambe. Gesù, espirò debolmente, fu la sua unica risposta. Sei così fottutamente bagnata che mi fa male. Lo trovi attraente?" La ragazza gli sussurrò dolci parole all'orecchio. Tra le sue labbra lisce, le sue dita si accarezzarono rapidamente e con fermezza. Strinse saldamente le cosce attorno alle sue dita per aumentare il pressione, ondate di estasi che le attraversano il corpo.Accettalo. Dicendo: "Prendi il mio cazzo", chinò la testa per mordicchiare l'area sotto il suo orecchio. Mi viene in mente la frase "Voglio sentire la tua mano calda intorno" .Non c'era bisogno di dirglielo di nuovo. Dopo che Avery gli aveva slacciato i pantaloni, ha avvolto le sue dita sottili attorno al suo cazzo dolorante. gola. L'uomo era inzuppato. A cui la domanda: "È per me?" lei si ritirò per incontrare il suo sguardo. In risposta al suo "cazzo sì", lui la baciò gemendo lungo il suo collo. "Dio... Fino ad ora, nessuno mi aveva mai colpito così forte. Lui si mise a cavalcioni di lei, le mani saldamente appoggiate sui suoi fianchi, la punta del suo cazzo che la faceva cenno scherzosamente più vicino. Le sue mani tremavano mentre tirava su l'orlo del vestito più alta del suo fondoschiena. Si affondò sull'affascinante sconosciuto, trattenendo il respiro per tutto il tempo. Finché non fu completamente distesa, guardò la lunghezza del suo cazzo, e poi le loro ossa pubiche si baciarono nel modo più allettante che si possa immaginare. Per un breve periodo fu completamente assorbita da lui, proprio come aveva sperato, e si dimenticò completamente di Douglas. Era completamente concentrata sull'uomo misterioso nell'oscurità che era annidato tra le sue gambe. Le sue mani vagarono su di lei, scatenando un'ondata di brividi che la percorse. Gemette mentre afferrava il suo culo stretto e loro cambiavano posizione. Premette il respiro contro il suo orecchio mentre si spingeva più dentro di lei, pensando tra sé: "Sei il tipo di donna che ogni uomo sogna". Avery si fermò per un momento dopo aver chiuso gli occhi e aver emesso un forte sussulto. Era consapevole che ogni uomo aveva fantasticato su di lei, ma non riusciva ad attrarre "quello". Aveva bisogno di qualcuno che l'avrebbe apprezzata per qualcosa di più della sua ricchezza. Sarebbe stato il tipo di ragazzo che avrebbe dato tutto per lei senza chiedere nulla in cambio. Colui che potrebbe ricambiare i suoi affetti in natura. Dal momento che era ben consapevole che un uomo simile non esisteva, il solo concetto di lui le provocava irritazione. Dondolò i fianchi e disse: " La libertà di rilassare la rigida disciplina che si sentiva obbligata a mantenere ogni giorno. Anche se era solo uno sconosciuto che la scopava in un club, aveva solo bisogno di qualcun altro che si occupasse delle cose per un minuto. Anche se è durato solo per un breve periodo. Lei sussultò, "Oh Dio, sì." Mentre lui la tamponava, vide le stelle volare oltre i suoi fari. In seguito, ha ripetuto l'azione. Inoltre, ancora una volta. Si morse il palmo della mano per reprimere i singhiozzi di pura beatitudine che la stavano riempiendo fino all'esplosione. Le sue gambe iniziarono a tremare e i succhi le gocciolavano giù. Il suo clitoride iniziò a pulsare mentre l'eccitazione si avvolgeva intorno a lei. Con un borbottato "Oh Dio", esclamò il suo shock. Continua così. Una mano si tese e, con due dita, le accarezzò il clitoride come se lo leggesse come un libro. Immediatamente, la tensione che si era accumulata lì iniziò a allentarsi. Tuttavia, non ha mai rallentato il suo slancio in avanti. Come se la sua vita dipendesse da questo, si gettò incautamente dentro di lei. Mormorò mentre affondava le zanne nella sua spalla, "Ti farò venire così fottutamente forte". torna intorno al suo collo.

Più profondo. Gli ha chiesto di sondare ulteriormente. Ho deciso di accettare la sua offerta di tutto. Mentre si lamentava, lui insisteva di più su di lei. Entrambi avevano raggiunto il punto di non ritorno e stavano continuando comunque. Tra le sue dita finemente manovrate, si incastrò tra le sue ginocchia, mentre l'altra mano le afferrò l'anca. Si alzò e le schiaffeggiò forte il culo con una mano mentre la spingeva faccia nella morbida pelle della cabina con l'altro. Il suo schiaffo le faceva male da morire, inviando scosse elettriche direttamente al suo clitoride gonfio. Le sue difese si irrigidirono attorno al suo scroto e sentì la sua forza vitale svanire rapidamente. Dio, lo voleva. Aveva bisogno di spingerla in modo che potesse perdersi nel momento. Il suo corpo desiderava ardentemente quella sensazione, qualcosa che non provava da molto tempo. Risuonava nel silenzio del club mentre lui la colpiva di nuovo. Le sue gambe tremanti erano sul punto di cedere da sotto di lei. Ti piace tipo di cosa? E poi l'ha schiaffeggiata di nuovo, spingendo tutto il suo corpo dentro di lei, questa volta muovendosi molto più velocemente. Sentì i suoi collant diventare caldi e il suo respiro affluire dentro. Percepì anche la sua vicinanza a lei. Si appoggiò all'indietro e sussurrò , "Finiscimi" mentre si allungava e faceva scivolare le dita tra i suoi folti capelli scuri. "Dio, voglio che tu mi uccida così tanto." Abbracciato nell'oscurità, i loro corpi sudati si aggrapparono l'uno all'altro mentre aspettavano che quel dolce rilascio li sopraffacesse. Le staccò l'orecchio. Sospirò e le strinse il clitoride tra le dita, dicendo: "Oh Dio, sto venendo". Mentre le onde del suo climax la attraversavano, Avery si morse il labbro ma non riuscì a soffocare l'ululato strozzato che le strappava la gola. La tensione ora era svanita e lui era in grado di scatenare tutta la sua furia sessuale su di lei. Lasciò andare il suo clitoride e passò alle carezze rapide in modo che potesse cavalcarlo. "Oh. Fanculo. Ahhhh! "Lo sconosciuto sussultò e tremò fino all'orgasmo, sbattendo contro di lei fino a quando non fu esaurita fino all'ultima goccia di lui. Avery si sentì come se non avesse mai più riacquistato il pieno uso delle gambe mentre tornava tremante a una posizione seduta, cercando di afferrare il suo respiro. Dopo essersi chiuso la cerniera dei pantaloni, si sedette accanto a lei e lei osservò. Facendo scorrere un timido dito lungo la sua coscia umida, raccolse le sue secrezioni e, bloccando il suo sguardo con il suo, attirò il sapore di lei nelle sue labbra. Anche se era assolutamente esausta, si sentiva fantastica. Le sue preoccupazioni erano svanite e non riusciva a ricordare cosa l'avesse infastidita prima. Mentre i suoi polmoni lottavano per riprendere fiato, scrutò i suoi occhi ipnotici. Era in uno stato di pura beatitudine, eppure vedeva ancora l'espressione fugace in quegli occhi nocciola. Era come, "Ti conosco? Avery disse a bassa voce. Mentre i suoi polmoni lottavano per riprendere fiato, scrutò i suoi occhi ipnotici. Era in uno stato di pura beatitudine, eppure vedeva ancora l'espressione fugace in quegli occhi nocciola.

Era come, "Ti conosco? Avery disse a bassa voce. Mentre i suoi polmoni lottavano per riprendere fiato, scrutò i suoi occhi ipnotici. Era in uno stato di pura beatitudine, eppure vedeva ancora l'espressione fugace in quegli occhi nocciola. Era come, "Ti conosco? Avery disse a bassa voce.

Capitolo 2 - Una gravidanza inaspettata

Tristan vide Avery tornare nel suo ufficio e si rese conto che sembrava preoccupata. Pensò che sarebbe stato saggio tentare di distrarla dalle sue preoccupazioni, così fece un altro ordine al suo bar preferito. Mentre era al telefono, la studiò dalla sua posizione reclinata. Non si sentiva male per aver origliato da quando la sua porta era aperta. Il chiamante ha detto: "Ehi, mamma, potresti prendere papà e fare una teleconferenza? 'Devo dire a entrambi una cosa', ha detto Avery. Naturalmente, tesoro . Forse sarebbe meglio una chat video? La signora Blanc ha detto: "Non ti vediamo da anni. Invece, "Fammi prendere papà e io..." "Lavori costantemente", ha detto sua madre . Non possiamo mai contare su di te per trascorrere del tempo con noi. Per un po', Avery non ha detto nulla. Saranno entusiasti della notizia, si disse. Ma capì anche che i piani raramente andavano come sperato. Sua madre era davvero insistente e non aveva voglia di sfidare suo padre a una gara di sguardi. Con un profondo sospiro, sfogò la sua frustrazione. "Va bene, mamma. Tra un'ora ti chiamo. La signora Blanc ha risposto: "Ma stai telefonando ora". Ha inventato un'emergenza, dicendo che "è successo qualcosa". Aveva bisogno di tempo per farla recitare se stavano per passare al video. Di conseguenza, avrebbe dovuto prepararsi mentalmente per le probabili conseguenze. Avery tamburellava con la penna sulla scrivania mentre pensava alla battuta di apertura perfetta per il suo discorso. l'evidenza, considerato potenziali inconvenienti e ideato risposte alle possibili obiezioni di suo padre. Ogni minuto che passava era come un secondo, e usò quel tempo per rianimarsi ancora di più. Tristan non sapeva come interpretare le azioni di Avery poiché non l'aveva mai vista comportarsi in quel modo prima. Era irrazionalmente agitata, camminava avanti e indietro davanti alla sua scrivania e borbottava tra sé e sé. "Avery?" Dopo aver fatto l'ordine sulla sua scrivania, Tristan chiese. C'è qualcosa che non va? Improvvisamente, si fermò, si voltò e lo guardò. Sì, certo, perché non dovrebbe esserlo? E cos'è tutto il cibo che continui a darmi? Dopodiché, ha fatto una risatina sorniona. Sorrise e rispose: "Ti calma". Lei alzò gli occhi al cielo, ma divorò comunque il muffin. Oh, mio Dio, aveva ragione. Si considerava un individuo poliedrico, ma quando le sue emozioni erano alle stelle, niente poteva calmarle come i suoi cibi consolatori preferiti. Mi spiegherai perché continui a litigare con te stesso e a camminare avanti e indietro tutto il tempo? Tristan incrociò le dita alla sua scrivania. Sono qui se vuoi sfogarti su qualcosa che ti turba. Avery rise sarcasticamente mentre si spazzolava via le briciole dalla maglietta. "Sai, Tristan, i confini non ci sono solo così possiamo distinguere tra i paesi." Scusa l'interruzione. con un'espressione perplessa sul viso, domandò. "Come avrò del tempo da solo per riflettere con te e mia madre in giro?" L'oratore balbettò: "Uh... tua madre? Cos'è-" Scosse la testa , dicendo: "Solo-dimenticalo". In sostanza, aveva esagerato con il suo benvenuto. Tutta questa faccenda dell'affrontare suo padre... Ne era rimasta sconvolta. Si alzò in piedi e si scusò con la signorina Blanc, dicendo: " Signorina Blanc, In una dichiarazione diretta e impenitente, ha detto ai suoi genitori: "Mamma, papà, sono incinta". Quando le sfuggì un sussulto, la signora Blanc lo soffoca, ma il signor Blanc non ha mostrato emozione. Si sedette lì, fissando sua figlia con un'espressione calcolatrice sul viso. Avery fissò suo padre, sfidandolo a farle qualsiasi domanda. È stata sua madre, tuttavia, a gestire la maggior parte della comunicazione. Chiedendo: "Chi è il papà? Nessuno qui sapeva che eri uscito. Non vedo l'ora di incontrarlo, ma quando posso aspettarmi che accada? Quando gli è stato chiesto come sentiva di far parte della nostra famiglia, ha detto: "Come si sente?" "Uhm..." La maschera di Avery si è incrinata per un momento, ma l'ha coperta rapidamente. Per quanto riguarda la paternità di questo bambino, non ne ho idea. Ma non è questo il punto. What Really Matters-" Avery sobbalzò al colpo del signor Blanc sulla scrivania. "Che diavolo c'è che non va in te, Avery? Non lo accetteremo se esci e dormi sempre con ragazzi a caso. Mi aspetto di più da te come successore del nostro regno. così!" Di conseguenza, Avery ha perso la pazienza. Mi rifiuto di fare sesso con un certo numero di ragazzi. Il signor Blanc incrociò le braccia sul petto e si sedette sullo schienale della sedia. Era evidente che era piuttosto arrabbiato per quello che era successo. Avery ha fatto l'impressione di papà incrociando le braccia e appoggiandosi allo schienale della sedia. Lo guardò di nuovo, inflessibile come sempre. Tuo padre non intendeva così, tesoro, la signora Blanc ha rassicurato suo figlio. Questo è tutto : "È solo un po' sorprendente. Con il bambino, quali sono i tuoi piani? Avery guardò sua madre incredula. Lo terrò io. In questo caso, non fa differenza chi è il padre. Comunque, è il mio bambino e, qualunque cosa accada, lo adorerò. Mr. Blanc ha ripetuto "Keeping it" con una risatina terrificante. Qualcuno potrebbe chiedere: "Cosa pensi che sia questa, una telenovela?" Bene, il modo in cui ti comporti,..." Un suono discutibile suggerisce la domanda: "Cos'era?" La signora Blanc intervenne: "Stop voi due", poco prima che il padre del giovane Blanc fosse pronto a scatenare l'inferno su di lei. "Gridarsi a vicenda non ci aiuterà a risolvere questo problema." Avery ha risposto: "Ascolta", soffocando la sua frustrazione. Non ci sarà richiesta di autorizzazione per questa chiamata. Spero di non creare problemi dicendo questo, ma... il signor Blanc ha detto: "Ha due opzioni in questa situazione. O coinvolgi il tuo coniuge nelle tue notizie, o interrompere la gravidanza. Sei tu a decidere." Avery stava per rispondere con rabbia, ma il telefono è stato interrotto prima che potesse. Guardò lo schermo vuoto del suo telefono, ricordando lo sguardo pieno di rabbia di suo padre. Sposati o sbarazzati di esso. In che misura il suo stato mentale giustifica domande del genere? Aveva avuto un esaurimento nervoso dall'ultima volta che l'aveva visto? Non importa quanto tempo fosse passato, Avery non riusciva ancora ad alzarsi dalla sua scrivania, anche dopo che tutti gli altri in ufficio erano passati da tempo. andata a casa. Continuava a sentire le parole di suo padre nella sua mente. "Sono in un tale sottaceto." La donna si seppellì il viso tra le mani. Il suo stomaco iniziò a contorcersi come se non fosse abbastanza orribile. "Oh, Dio "Con l'aiuto del cestino, Avery si chinò in avanti e vuotò il contenuto dello stomaco. Sembrava che Tristan l'avesse spiata per tutto il tempo quando si era precipitato nel suo ufficio. L'uomo si inginocchiò accanto a lei alla sua scrivania e le mise un bicchiere di acqua fresca davanti. Mentre lei tossiva, lui le infilava i capelli dietro l'orecchio e le accarezzò dolcemente la schiena. Va tutto bene, mi ha rassicurato. In altre parole, "Andrà tutto bene". Esausta, si asciugò le labbra con il dorso del palmo e si lasciò cadere sulla sedia. "Dannazione della nausea mattutina." Alzò la testa e la fissò, con l'orrore evidente sul volto. "Buongiorno, che succede?" La sua segretaria era un uomo molto gentile. Sempre pronto a fare il possibile per assisterla. Avery all'improvviso ebbe un pensiero mentre la guardava con quell'espressione sul viso. Per una volta, tutto stava andando a suo favore, e l'ondata di adrenalina l'ha fatta sedere dritta sulla sedia. Tristan, caro, prezioso, Tristan... Tutto bene, Miss Blanc? chiese nervosamente. Si sentì in colpa per una frazione di secondo, ma la sensazione passò rapidamente. Era l'insistenza di suo padre che lei andasse fino in fondo. Era rimasta intrappolata dalla sua decisione. Avrò bisogno del tuo aiuto e sai che ho promesso di venire da te in passato quando l'ho detto. Si è allontanato da lei, chiaramente imbarazzato dalla sua intrusione il suo posto di lavoro. Semplicemente per essere così vicino a lei. Contattandola... Mormorò dolcemente, "Mi ricordo," e non distolse lo sguardo da lei. Lei espirò e si sporse in avanti, appoggiandosi sui gomiti e sulle ginocchia. Al che Tristan ha risposto: "Beh, sto chiedendo". Tristan... Tutto bene, signorina Blanc? chiese nervosamente. Si sentì in colpa per una frazione di secondo, ma la sensazione passò rapidamente. Era l'insistenza di suo padre che lei andasse fino in fondo. Era rimasta intrappolata dalla sua decisione. Avrò bisogno del tuo aiuto e sai che ho promesso di venire da te in passato quando l'ho detto. Si è allontanato da lei, chiaramente imbarazzato dalla sua intrusione il suo posto di lavoro. Semplicemente per essere così vicino a lei. Contattandola... Mormorò dolcemente, "Mi ricordo," e non distolse lo sguardo da lei. Lei espirò e si sporse in avanti, appoggiandosi sui gomiti e sulle ginocchia. Al che Tristan ha risposto: "Beh, sto chiedendo". Tristan... Tutto bene, signorina Blanc? chiese nervosamente. Si sentì in colpa per una frazione di secondo, ma la sensazione passò rapidamente. Era l'insistenza di suo padre che lei andasse fino in fondo. Era rimasta intrappolata dalla sua decisione. Avrò bisogno del tuo aiuto e sai che ho promesso di venire da te in passato quando l'ho detto. Si è allontanato da lei, chiaramente imbarazzato dalla sua intrusione il suo posto di lavoro. Semplicemente per essere così vicino a lei. Contattandola... Mormorò dolcemente, "Mi ricordo," e non distolse lo sguardo da lei. Lei espirò e si sporse in avanti, appoggiandosi sui gomiti e sulle ginocchia. Al che Tristan ha risposto: "Beh, sto chiedendo". Era l'insistenza di suo padre che lei andasse fino in fondo. Era rimasta intrappolata dalla sua decisione. Avrò bisogno del tuo aiuto e sai che ho promesso di venire da te in passato quando l'ho detto. Si è allontanato da lei, chiaramente imbarazzato dalla sua intrusione il suo posto di lavoro. Semplicemente per essere così vicino a lei. Contattandola... Mormorò dolcemente, "Mi ricordo," e non distolse lo sguardo da lei. Lei espirò e si sporse in avanti, appoggiandosi sui gomiti e sulle ginocchia. Al che Tristan ha risposto: "Beh, sto chiedendo". Era l'insistenza di suo padre che lei andasse fino in fondo. Era rimasta intrappolata dalla sua decisione. Avrò bisogno del tuo aiuto e sai che ho promesso di venire da te in passato quando l'ho detto. Si è allontanato da lei, chiaramente imbarazzato dalla sua intrusione il suo posto di lavoro. Semplicemente per essere così vicino a lei. Contattandola... Mormorò dolcemente, "Mi ricordo," e non distolse lo sguardo da lei. Lei espirò e si sporse in avanti, appoggiandosi sui gomiti e sulle ginocchia. Al che Tristan ha risposto: "Beh, sto chiedendo". chiaramente imbarazzato dalla sua intrusione nel suo posto di lavoro. Semplicemente per essere così vicino a lei. Contattandola... Mormorò dolcemente, "Mi ricordo," e non distolse lo sguardo da lei. Lei espirò e si sporse in avanti, appoggiandosi sui gomiti e sulle ginocchia. Al che Tristan ha risposto: "Beh, sto chiedendo". chiaramente imbarazzato dalla sua intrusione nel suo posto di lavoro. Semplicemente per essere così vicino a lei. Contattandola... Mormorò dolcemente, "Mi ricordo," e non distolse lo sguardo da lei. Lei espirò e si sporse in avanti, appoggiandosi sui gomiti e sulle ginocchia. Al che Tristan ha risposto: "Beh, sto chiedendo".

Capitolo 3 - L'accordo

Potete crederci? Per ripetersi per la centesima volta, chiese Tristan. Non avevo idea che uscissi insieme. Avery ha detto: "Oh, sì", prima di aiutarlo ad alzarsi in piedi. "Alcuni mesi fa, ho avuto un'avventura di una notte." L'oratore sussultò: "C-aspetta, cosa?" Le sue sfere visive erano enormi, piatti sporgenti in cima al suo cranio. Lo trovava piuttosto divertente, onestamente. "Mi stai fissando come se avessi tre teste", ha scherzato. Ma gli individui spesso si comportano in questo modo, Tristan. Essere un adulto e avere quella libertà è metà della gioia. È ovvio che non era quello che avevo in mente. Ma-""Smettila di balbettare e dimmelo ora..." Intendi farlo? Che ne dici di comportarci come se fossimo fidanzati e tu stai portando il mio bambino? Per esprimere il suo continuo shock, scosse delicatamente la testa.

"Perché? Perché io?" Avery emise un lungo sospiro. Per questo: "Io credo in te." Attese altre domande, ma quando lui non venne, rispose: "Tengo questo ragazzo, e in ordine per calmare il mio caro padre, ho bisogno che tu faccia qualcosa per me." Tristan si sedette alla sua scrivania e aspettò. Vuoi dire che era l'argomento della telefonata precedente? Stavi parlando con tuo padre, giusto? Con un cenno, ha confermato la mia interpretazione. Senza un coniuge di cui parlare, non riconoscerà mio figlio come il successore di Blanc Holdings. Lei gli diede una leggera gomitata. Al che rispondo: "È qui che entri in gioco". si massaggiò la nuca ed espirò profondamente. La richiesta non è così seria come "Gesù, non è che ti sto chiedendo un rene qui." Tristan emise uno sbuffo, e la tensione nelle sue spalle svanì. È solo che..." "Lo so, è solo che..." Ad essere onesto, non pensavo-"Tu e io diciamo entrambi: "Sì. Ho sempre desiderato una famiglia tutta mia, e Tristan è la mia ultima, migliore speranza. Con l'attesa negli occhi, lo fissò. "Allora...? La domanda è: "Cosa ne pensi?" I due erano stati seduti lì in silenzio per quella che sembrava un'eternità con la sua domanda senza risposta. Avery sentì che la sua fortuna era esaurita quando un milione di pensieri balenò dietro i suoi occhi. Alla fine, rispose: "Va bene, lo farò." Chiedendo: "Lo farai?" Non si era preparata per questo, ma lei si raccolse in fretta. Lo farai, voglio dire. "Oh mio Dio, è fantastico!" Al che ho risposto: "Sembri sbalordito", al che lui ha riso. Quando gli è stato chiesto: " Come mai?" Mi fermo e dico: "Non lo so. Va bene, sono rimasto sorpreso dalla tua risposta affermativa. Si voltò di nuovo verso Tristan, ancora stupita dal fatto che avrebbe rischiato tutto per lei. Le sorrise e le tese la mano. Si è lasciata tirare in piedi quando ha ceduto momentaneamente e ha messo la mano nella sua. Grazie mille, non so davvero cosa farei senza di te. Tristan si è mosso bruscamente e ha sbattuto Avery contro la scrivania, facendola tacere . Le mise le mani su entrambi i lati, lasciando solo un paio di centimetri di spazio tra loro, e la tenne ferma. Mi hai lasciato perplesso. vero fidanzato?" prima di strofinare il suo corpo in modo suggestivo contro il suo. Le sue labbra si contrassero, ma non riusciva a trovare le parole giuste da dire. Ha apprezzato la sua franchezza, non per questo. Il suo petto si strinse, il suo battito accelerato e un afflusso d'aria dai suoi polmoni. Curiosamente, si sentì come la notte in cui incontrò per la prima volta lo sconosciuto. La sua segretaria, Tristan, stava suscitando in lei un forte desiderio sessuale. era certa che non l'avrebbe mai più sperimentato." Tristan, io... non so se... "Si interruppe da lei con un sorriso stampato in faccia. "Stavo scherzando, quindi rilassati." Non le importava nemmeno che il suo sguardo consumasse tutto il suo essere. L'inconfondibile rigonfiamento sul davanti dei suoi jeans. Lei sapeva del suo amore da cucciolo nel momento in cui è iniziato. Era tenero e non ci vedeva niente di male. Questa volta, però... Si allontanò dalla scrivania e disse: "Potrebbe essere davvero una buona idea per te comportarti come un vero fidanzato". "Avere testimoni che possono corroborare le nostre affermazioni darà credibilità al nostro racconto. facendola sentire meglio ad averlo intorno. Tra un boccone di uova strapazzate, Avery esclamò: "Sei uno chef davvero meraviglioso." Un'alzata di spalle da parte di Tristan, e sorseggiò il suo caffè. L'istruzione di uno scapolo ha un valore inestimabile. Alla domanda: "Perché sei ancora single? Ad esempio, sei attraente, hai successo nella tua carriera, ecc. Devi avere uno sciame di fan che seguono ogni tua mossa. Una volta che si è resa conto dell'intimità natura della sua richiesta, si voltò rapidamente da lui e tornò al suo cibo. Potrebbero essere stati "finti fidanzati", ma questo non le ha fornito alcuna visione della sua vita privata.Ma Tristan, con suo stupore, non lo fece La vedo così. Alla fine ha detto: "Ho aspettato che la donna ideale mi rubasse il cuore." Questo mi spinge a dire: "Il che mi ricorda-" Alzò lo sguardo appena in tempo per vederlo prendere una scatoletta nera dalla tasca. "Cosa stai facendo, Tristan?" Visto che ora siamo fidanzati, volevo darti questo. Aprì lo scrigno e vide uno splendido squillo. La misura di Avery era perfetta per l'anello, che era realizzato in oro rosa e comprendeva un unico rubino rotondo. I rubini sono la sua pietra preziosa preferita in assoluto, ha detto. L'uomo era soddisfatto dei suoi risultati e si appoggiò allo schienale della sedia. "Cosa, non dici?" *** Mentre si avvicinavano alla casa dei suoi genitori, Avery vide che il portico era già pronto per il tè pomeridiano. Il signore e la signora Blanc sono seduti a tavola nella luminosa luce del mattino, con tutte le guarnizioni. Mormorò un "Oh Dio" mormorato sottovoce. Tristan uscì per aprire la porta e la rassicurò: "Hai capito questo." Sotto il portico, ha presentato Tristan Hayes ai suoi genitori. AKA "Il mio fidanzato e il futuro padre di mio figlio." "Hayes... In riferimento a Hayes, Inc., presumo. chiese la signora Blanc. "No, signora." Non sono stato così fortunato. Tristan ha detto: "Sono semplicemente un uomo normale a cui capita di lavorare con tua figlia". Ha accettato la sua mano e le ha dato una stretta decisa. Il signor Blanc non si mosse affatto e Tristan spostò goffamente il peso da un piede all'altro. Ci hai mentito quando hai affermato di non sapere chi fosse il padre. Gli occhi del signor Blanc si corrugarono mentre li scrutava insieme. Avery si sedette in avanti e gli lanciò uno sguardo audace nei suoi occhi. Tristan vide che era tesa, quindi le mise una mano sulla schiena. Il suo corpo si bloccò al suo tocco, ma nascose rapidamente la sua sorpresa prendendogli la mano tra le sue e si sedette. Si raddrizzò e guardò suo padre negli occhi. "Hai ragione, ho mentito. Non lo accetteresti se scoprissi che sono fidanzato con la mia segretaria, quindi non te l'ho detto. "Ho i miei dubbi." Anche mentre parlava con Avery, lui mantenne uno sguardo fisso sul ragazzo al suo fianco. Saluti, signor Blanc... «"Non mi metta il signor Blanc," implorò suo padre. Di' che sai che non te l'ha fatto fare solo per evitare di dover trovare una nuova casa per quel ragazzo. Se vuoi dirmi qualcosa, devi guardarmi negli occhi. C'è stato un notevole irrigidimento da parte di Avery accanto a Tristan, ma quest'ultimo è rimasto straordinariamente composto. Un abbraccio rassicurante ha preceduto le sue parole a lei. "Potrebbe sembrare così, signore, ma è tutt'altro che vero", ha detto. Conosco tua figlia più di te. So che non le piace incontrarti in questo modo perché la spaventi. Tristan si mosse in avanti e la sua arroganza salì allo stesso livello di quella del signor Blanc. Scusate l'interruzione. Blanc ha messo una mano sulla spalla del marito per aiutarlo a rimanere calmo. Ti esortiamo a prenderla con calma. Tuttavia, Tristan non aveva ancora finito. Il tè che le offri la fa sentire male, quindi lo disprezza. Le piacciono molto i muffin, ma so che preferisce i frollini rispetto ai biscotti con gocce di cioccolato. Blanc si rilassò sulla sedia e Avery vide che era sia stupito che piacevolmente soddisfatto dal coraggio di Tristan. Lo apprezzò perché nessuno lo aveva mai affrontato in quel modo prima. Per quanto sia fantastico, non cambia il fatto che non puoi avere il figlio della signora Blanc, osservò. Questo è disapprovato nei circoli sociali che frequentiamo poiché non hai la stessa posizione sociale. Avery si arrabbiò e batté il pugno sulla scrivania. La sua posizione sociale non ha alcuna importanza per me, e non dovrebbe esserlo nemmeno per te. È il padre del tuo futuro nipote e gli piaccio davvero. Cose del genere sono importanti per me e dovrebbero esserlo anche per te. Era confusa riguardo alla sua motivazione, ma l'effetto dello sguardo ammirato di Tristan su di lei era comunque piacevole. Con suo sollievo, ha avuto l'opportunità di difenderlo per un cambiamento. Dopo tutti questi anni in cui lui era lì ogni volta che aveva bisogno di lui, era il minimo che potesse fare. Dicendo piano: "Avery, per favore, non creare una scenata, La signora Blanc ha chiesto ad Avery di calmarsi. Che ti piaccia o no, Avery ha detto: "Volevi un uomo nella foto, e l'uomo che ho scelto è Tristano. Non sentirò un altro argomento contro la sua permanenza. Avery e Tristan partirono vittoriosi, ma mentre si avvicinavano al suo veicolo, il suo forte fronte iniziò a vacillare. Capì le implicazioni dell'uso di tale tono con i suoi genitori, quindi non l'ha mai capito. Ma alla fine, era soddisfatta poiché aveva raggiunto il suo obiettivo. A quel punto, Tristan si girò per affrontarla. Considerando che siamo fidanzati, potrebbe essere una buona idea per noi due iniziare a vivere insieme. Sei disposto a considerare la possibilità? quindi non l'ha mai fatto. Ma alla fine, era soddisfatta poiché aveva raggiunto il suo obiettivo. A quel punto, Tristan si girò per affrontarla. Considerando che siamo fidanzati, potrebbe essere una buona idea per noi due iniziare a vivere insieme. Sei disposto a considerare la possibilità? quindi non l'ha mai fatto. Ma alla fine, era soddisfatta poiché aveva raggiunto il suo obiettivo. A quel punto, Tristan si girò per affrontarla.

Considerando che siamo fidanzati, potrebbe essere una buona idea per noi due iniziare a vivere insieme. Sei disposto a considerare la possibilità?

Capitolo 4 - Andare a vivere insieme

Abbiamo finito con questo ora?" Quando Tristan entrò nell'appartamento di Avery portando un pacco pesante, Avery lo interrogò. Mentre chiudeva la porta con un calcio, esclamò: "Sì, è tutto". Poi posò la scatola e prese una statuetta di vetro di due ragazzi dalla sua tasca. Ho solo bisogno di un posto per questo piccoletto", rispose, indicandolo. Cos'è?

Avery si avvicinò a lui per guardarlo meglio. Quando mi sono trasferito per la prima volta fuori dalla casa dei miei genitori, il mio più caro amico mi ha regalato questo. Quando le ha dato la statuetta, lei l'ha guardata con eccitazione. Si è fatta strada verso un'enorme libreria piena zeppa di fotografie incorniciate e molti oggetti da collezione. Dopo aver dato una rapida occhiata alla figura, l'ha posizionata su uno scaffale spoglio. Eccoci qui", disse trionfante. Mentre Tristan sfogliava le foto, disse: "Wow". Un po' insolito per uno come te avere così tante fotografie. Cosa ha spinto una tale affermazione? Quando non ha risposto immediatamente alla sua domanda, si è sentita a disagio. Chiaramente, ho capito. È perché nella tua mente sono una macchina senz'anima che non può immaginare di fare nient'altro che lavorare. A dire il vero, sono semplicemente il tipo di persona a cui non piace parlare di me stesso in pubblico. Si girò e se ne andò prima che potesse completare la frase. Tuttavia, sorrise alla sua risposta poiché sapeva di essere fortunato per entrare nel suo mondo. Osservò gli oggetti accanto alle immagini e cercò di dedurne il significato. Prese la rosa dei morti accanto alla foto di sua madre e se la girò tra le dita. Avery si avvicinò a lui e disse: "Per favore, sii cauto con esso". "Io non Non voglio che venga distrutta poiché è unica." Assolutamente tolse la rosa dalla sua mano e la rimise sul supporto. Mentre le sue dita tracciavano la cornice, i suoi occhi assumevano un'espressione malinconica, e sospirò, ma poi fu torna al suo io gelido regolare. Cosa sono queste cose?" chiese Tristan, il suo sguardo vagava attraverso la libreria. Con un bagliore contagioso sul suo viso, Avery gli disse: "Questi sono i manufatti che ho raccolto per ricordare a me e alla mia famiglia i periodi più felici della nostra vita". La rosa, ad esempio, fa parte del bouquet originale che mio padre ha regalato a mia madre al loro primo appuntamento. Quando i miei genitori adottarono Victorine, la prima cosa che feci fu darle l'orsacchiotto. Avery si avvicinò al peluche. Lo guardò amorevolmente mentre lo teneva tra le mani e gli dava una leggera pressione. Posò di nuovo l'orso e si diresse verso un ritratto di due giovani donne. Avery accarezzò la catena d'oro tra le dita e disse: "Questa è la mia parte della collana dei migliori amici per sempre che ho ordinato". La restante metà appartiene a Laurel. L'ha indossato senza sosta da quando gliel'ho regalato quindici anni fa, durante tutta la nostra duratura relazione. Avery riabbassò la collana con una risatina e si spostò su uno scaffale dove c'era una cornice ma nessuna immagine. Non c'era un'immagine, solo una citazione: ricorda i tuoi avversari, perché sono loro a costruire il tuo personaggio. Davanti alla citazione è stata esposta una scatola per anelli contenente uno splendido anello di diamanti. Avery chiuse la scatola con un applauso, la sua gioia evidente mentre si allontanava dalla rastrelliera. Tristan era confuso, ma si sedette sul divano come se niente fosse. Diede un'altra occhiata alla mostra e concluse che i suoi cari erano molto importanti per lei. Le sue fotografie amate e altri ricordi andavano in contrasto con l'immagine che gli aveva dato. Non sembrava essere così distante come aveva ipotizzato, il che gli fece dubitare se molte delle sue ipotesi fossero errate. È un anello per una proposta? Mentre si sedeva di fronte a lei, Tristan le chiese. «Sì... Quella sventurata stronza. Avery sorrise mentre si alzava in piedi e si dirigeva verso la sua stanza. È arrivata un'ora tarda. Dobbiamo dormire un po'. La diffidenza di Avery nei confronti di Tristan persisteva e lei non fece alcun sforzo per avvicinarsi troppo a lui. Si è trovata a sentirsi più a suo agio con lui e ad ammettere i suoi sentimenti con il progredire del loro tempo insieme. Poiché la sua influenza su di lei era inquietante, ha deciso che era prudente mantenere una distanza di sicurezza. Tristan è stato colto alla sprovvista da Avery' s risposta alla sua domanda. Era turbato dal fatto che stesse ridendo della sua angoscia. Mentre camminava davanti alla porta chiusa della sua camera da letto, formulò mentalmente un piano per avvicinarsi finalmente a lei. Quando la insistette per i dettagli, fu interrotto dal suono del suo vomito. Senza pensarci due volte, aprì la porta della sua stanza e la vide singhiozzare sul water. Ciao, come stai? Di fronte a lei, si inginocchiò. Tentò di confortarla facendole scorrere le dita tra i capelli. Lei lo guardò con gli occhi pieni di lacrime e poi, con suo stupore, ridacchiò. Al che il destinatario risponde: "Oh mio Dio, guardami". Prendendo un respiro profondo, poteva vedere la delusione nei suoi occhi. Dopotutto, sono un tosto, giusto? Anche i tipi tosti soffrono di nausea mattutina, ha detto. Sì, beh, Avery ha lottato per alzarsi in piedi. Io posso' Non permettermi di mostrare alcun segno di debolezza in questo momento. Si disorientò in un momento inopportuno e Tristan balzò rapidamente per prenderla. Si abbassò e la raccolse tra le sue potenti braccia, portandola a letto prima che potesse dire una parola. Ha pronunciato la parola "confini", ma la sua voce suonava più stanca che minacciosa. L'oratore sospirò e disse: "Sì, sì come ti pare." La prese per mano e la condusse nella sua stanza, dove la posò teneramente sul letto. "Rilassati per un po'." Mormorò: "Non ho bisogno di nessuno." Inoltre, "non hai il diritto di dirigere le mie azioni". Tuttavia, anche con quello, era ovvio che aveva perso ogni volontà di combattere. La sua apertura lo commosse fino in fondo, e sentì un tremito nella sua determinazione. Si sentì in dovere di rimanere al suo fianco e proteggerla da ogni pericolo. Poi, la sua infatuazione sbocciò in qualcosa di più, e si ritrovò a desiderare cose a cui non aveva pensato molto prima. Avery guardò Tristan togliersi delicatamente i talloni con una combinazione di gioia e incertezza sul suo viso. Sul suo corpo lavorò, togliendosi qualsiasi cosa giudicasse superflua. Quando ebbe finito, andò nell'armadio della sua camera da letto per scegliere qualcosa di più rilassante da farle indossare. Mentre Avery cambiava, Tristan le versò del tè e un impacco freddo. Si spogliò in mutande e tornò nella stanza di

Avery. Le portò il tè dopo che era a letto, ed era riluttante ad andarsene di nuovo. Quando si sedette accanto a lei, lei si voltò bruscamente per guardarlo. Tristan le accarezzò la fronte con l'impacco freddo e lei chiuse gli occhi con gioia assoluta. La sua risposta lo ha eccitato emotivamente e fisicamente, quindi ha passato l'asciugamano su tutto il viso e il collo. "Ti senti un po' meglio adesso?" chiese Tristan, spingendolo ad alzarsi in piedi. Avery gli afferrò la maglietta e lo trascinò di nuovo a terra. Non devi affrontare tutti questi problemi. Stiamo semplicemente giocando; Sono incinta, non sto morendo. Il messaggio nei suoi occhi contraddiceva quello che stava dicendo, sconvolgendolo fino in fondo. Anche se avesse voluto, non avrebbe potuto ignorare le sue suppliche sommesse. Accettò e si sedette accanto a lei. Questa farsa in cui ci stiamo impegnando non implica che non mi importi di te, comunque. Che tu sia malato, solo o semplicemente desideri un po' di tranquillità per te stesso, sarò qui. Fu colto alla sprovvista quando Avery si avvicinò a lui, e si trovò costretto a allungare una mano e toccarla. Il senso di esposizione di Avery era senza precedenti. I suoi commenti non solo l'hanno colta alla sprovvista, ma hanno anche riacceso una parte di lei che aveva rinunciato da tempo alla speranza di far rivivere. Ha fatto qualcosa per lei che nessun altro ha fatto da quando era un'adolescente: l'ha fatta sentire amata e apprezzata. Inoltre, le ha fornito un conforto diverso da qualsiasi altro avesse mai avuto prima.

Ha deciso di sfruttare l'opportunità poiché era proprio quello di cui aveva bisogno in quel momento. Avery, chi ti ha ferito così gravemente? 'Stringi la presa,' esortò Tristan, e lo fece. Avery rispose con irritazione nella sua voce, "Nessuno mi ha ferito", e lei gli voltò le spalle. Tristan allungò il corpo e sospirò. non poteva' Non capiva perché Avery non si fosse confidato con lui, ma poi si ricordò che aveva dei segreti tutti suoi. Sentiva che non valeva la pena rischiare la sua relazione con lei. Mi scuso. Mi scuso se ti ho offeso. Semplicemente facendole scorrere la punta delle dita sulla schiena, riuscì a calmarla. Avery lo affrontò ancora una volta, e il suo sorriso era caldo e affettuoso. Non c'è niente di sbagliato in me, e non sono nemmeno a pezzi, quindi non preoccuparti per me, Tristan. Non voglio che un ragazzo entri nella mia vita e tenti di riparare le cose che vanno bene così come sono. Non sto cercando di renderti migliore. Tristan le fece cenno di abbracciarla e le disse: "Sei già impeccabile e chiunque tenti di alterarti è uno sciocco di proporzioni epiche". I due si fecero ridere a vicenda e Avery tornò dov'era stata. Presto si addormentò mentre Tristan le aggiustava i capelli. Ha discusso di restare, ma alla fine ha deciso di andarsene. Mentre Avery dormiva profondamente, Tristan era trafitto dalla sua bellezza. Vide l'espansione e la contrazione del suo petto mentre respirava. Il suo adorabile sorriso, come se stesse vivendo il sogno più meraviglioso, si formò sulle sue labbra. Lui piagnucolò come un cucciolo innamorato e disse piano: "Tristan Hayes, sei il più grande idiota della terra". Ci si potrebbe ragionevolmente chiedere: "Come puoi essere così ingenuo da innamorarti di una donna come lei?" Si bloccò quando Avery gli mise un braccio sul petto. Dopo mesi di desiderio di essere così vicino a lei, è stato incredibile essere finalmente lì. Ha cercato di apprezzarlo, ma semplicemente non ce l'ha fatta. Ti sei impegnato in qualcosa, e ora devi farcela. Le cotte e gli interessi romantici possono essere degli sviamenti piuttosto pericolosi che ti fanno perdere la concentrazione. Lo dichiarò a voce alta: "Devi abbandonare questa ossessione e concentrarti sul lavoro da svolgere. La presa più stretta di Avery lo ha effettivamente messo a tacere. *** Avery e Tristan sono andati insieme a Blanc Holdings la mattina successiva. Mentre passavano davanti alla scrivania di Tristan , Avery disse piano: "Non devi accompagnarmi fino al mio ufficio". Disse innocentemente: "Perché no?" Visto che il passaparola è inevitabile. "Ci hanno già osservato arrivare con lo stesso veicolo e camminare insieme. Se avessero voluto parlare ne avrebbero chiacchierato. "Si sono avvicinati alla sua porta e lui le ha messo un palmo vicino alla testa, chiudendola essenzialmente dentro. "La gente sta fissando", mormorò mentre scivolava da sotto il suo braccio e si precipitò nel suo ufficio. Tristan si appoggiò alla sua porta per un secondo e non riuscì a trattenersi dal sorridere. Gli ci volle un minuto per riprendersi e brontolò mentre si allontanava dalla porta e tornava alla sua scrivania. "Allora, tu e la donna del capo state davvero d'accordo?" chiese Cam mentre si sedeva sulla scrivania di Tristan. La sua audacia lo sbalordiva e non sapeva cosa rispondere. Andò nell'ufficio di Avery e la vide in piedi davanti alla sua grande porta a vetri con le braccia incrociate sul petto. Lo stava osservando e lui lo trovava un po' snervante. Essere preoccupato per altre cose in quel momento. Indicò le pile di fogli che si erano accumulate sulla sua scrivania. Trova qualcosa o qualcun altro per occupare il tuo tempo. O, meglio ancora, "fai quello che dovresti fare". Cam inarcò un sopracciglio per la sua apparente irritazione, ma si astenne dal commentare la questione. Si fece da parte e lasciò che eseguisse il suo lavoro senza opporre resistenza. Tristan si voltò di nuovo a guardare Avery, ma lei era già andata via.*** Dopo l'ennesimo incontro, Avery stava tornando nel suo ufficio quando sentì per caso alcuni delle colleghe che ridono nella sala pausa. Credi che ci sia qualcosa di più tra Tristan e Avery? chiese una delle femmine. La risposta probabilmente non è. "Avery non fa relazioni", il che significa che non si impegna in esse. Vivo qui da quattro anni e non ho mai visto un solo uomo. Voglio dire, nemmeno uno! Quindi, se Tristan crede di avere una possibilità, ha detto, "sta facendo un terribile errore". Forse non ha una possibilità con lei, ma ne ha una buona con me. "Ho una cotta per lui da quando ha iniziato a lavorare qui, e credo che sia giunto il momento per me di fare una mossa", ha osservato la prima donna. alla sua fonte di ira. Né lei né Tristan si stavano frequentando seriamente. Non l'avrebbe voluto, comunque. Sono semplicemente infastidito dal fatto che si intromettano nella sua produttività. Si convinse: "Questo è tutto ciò di cui ho bisogno. Avery ha deciso di affrontare il problema una volta per tutte, quindi ha convocato una riunione dei dipendenti. Alla luce dei recenti pettegolezzi sulla mia vita privata, sento il bisogno di ricordare a tutti ecco che siamo al lavoro I tuoi affari nella mia vita privata non sono affari tuoi e viceversa No, questo non è un barbiere, e non sopporterò le tue buffonate. La discussione che Avery stava facendo era ovvia e sembrava che tutti l'avessero sentita e compresa. Puoi venire a parlarmi direttamente se hai qualche domanda. In questo modo, almeno, ti verrà rivelata la verità. Avremo un incontro disciplinare se scopro che qualcuno di voi rallenta o causa problemi ai suoi colleghi per questo motivo. Credimi sulla parola; non sarai soddisfatto dei risultati. Avery uscì dalla sala riunioni fiduciosa. Era certa che la sua minaccia avrebbe smesso di voci e scoraggiato le donne dal parlare con Tristan. Stava andando al lavoro quando improvvisamente si sentì male allo stomaco. Corse nel bagno pubblico più vicino e vomitò. È rimasta nel suo cubo dopo essersi asciugata la bocca perché ha sentito due signore entrare nell'edificio. Non c'è dubbio che lei" se lo fotte. Uno ha detto, con disappunto di Avery, "Era chiaro dall'incontro e dal fatto che stava ricevendo un trattamento speciale". Questo è evidente perché il suo datore di lavoro lo sta ancora assumendo. Nessun altro è durato così a lungo, quindi deve implicare che la sta rendendo felice in più di un modo. L'impulso di dare uno schiaffo a uno di loro stava facendo contrarre la mano di Avery, ma poi ne aveva una migliore.

Capitolo 5 - Una scintilla

Quando Avery emerse dal suo cubo, le femmine rimasero scioccate. Con l'obiettivo di alleviare la sua nausea, si voltò verso di loro dopo essersi spruzzata dell'acqua fredda sul viso e sul petto. Ciascuna delle quattro femmine si scambiò un'occhiata, ma non furono dette parole. Detto questo, Avery si diresse verso l'ingresso. Sapeva che non ne avevano idea in cosa si stavano cacciando quando l'hanno seguita. Trascinò Tristan per una spalla e li portò alla sua scrivania. Tristan alzò la testa e intravide le quattro donne in piedi dietro di lei. In un istante, si girò sul sedile e si spostò di lato. Mentre lei sedeva sulla sua scrivania, la gonna attillata di Avery si arricciava intorno alle sue gambe toniche. Incrociò una gamba sull'altra e piegò le dita attorno al ginocchio, cosa che fece alzare leggermente la gonna. Incombeva sulle altre donne sporgendosi in avanti e fissandole in basso. Tristan fece un respiro profondo mentre il suo sguardo si soffermava su Avery, che era in ogni modo il capo attraente. Per lui, il modo in cui era seduta è stato subito duro. Il suo comportamento gli ha fatto venire voglia di schiantarsi contro di lei da dietro, piegandola sulla sua scrivania. Tutto il resto è svanito di fronte alla sua abbagliante bellezza. Qual è l'attuale progetto del dipartimento marketing? Avery ha osservato: "Ashley, tu lavori nel marketing, quindi dovresti saperlo" e tutti sul posto di lavoro hanno sentito le sue parole. I colleghi hanno affollato la scrivania di Tristan e non hanno fatto alcun tentativo di nascondere il fatto che stavano ascoltando. Avery voleva entrare in una sorride mentre il suo piano si concretizzava, ma mantenne la sua faccia di pietra. "Uhm... Ashley distolse lo sguardo e rispose: "Non so niente del progetto". Con un cenno, Avery acconsentì. La crisi finanziaria? "Jennifer, mentre si sistemava nervosamente la camicetta. Rebecca guardò il pavimento e disse: "Non so niente della campagna". "Tristan?" Avery chiese mentre i suoi occhi lo affascinavano. Si girò sulla sedia e le sorrise. "Abbiamo appena concluso la promozione per la nuova fragranza, e sarà lanciata sul mercato mercoledì prossimo. È passata una settimana da quando il problema nella divisione contabilità è stato risolto. Inoltre, abbiamo ampliato la nostra campagna pubblicitaria per i nostri cinque nuovi profumi per includere spot televisivi. "Signore e signori, date una mano al tizio che presumibilmente sta mantenendo il suo lavoro scopandomi", Avery sollecitato.Dal momento che Tristan svolge veramente il suo lavoro invece di perdere tempo con chiacchiere oziose, è stato in grado di mantenere il suo impiego per tutto il tempo che ha. Prendilo come un avvertimento per fare uno sforzo in più e ridurre le chiacchiere. Avery si alzò per aggiustarsi la gonna e poi affrontò Tristan. Aveva un ampio sorriso stampato in faccia e le sopracciglia di Avery si alzarono per le sue buffonate un po' infantili. Vedendo che Avery stava per chiedere informazioni, Tristan recuperò rapidamente i documenti necessari per il suo prossimo incontro e glieli consegnò. Stava di nuovo anticipando la sua prossima mossa, e questa volta non poteva fare a meno di essere colpita. Ha risposto: "Grazie", poi ha deglutito alcune volte per raccogliere i suoi pensieri. Si prega di avvisare le risorse umane e chiedere loro di programmare una riunione disciplinare per affrontare le scarse prestazioni di queste dipendenti donne. Avery si è avvicinata a Tristan e gli ha dato una piccola pacca sulla schiena con i suoi documenti prima di entrare nel suo ufficio. I pensieri di Tristan le impedivano di concentrarsi sul suo compito. Lanciò un'occhiata alla sua scrivania e vide che era totalmente assorbito da quello che stava facendo lì. Continuava a fissarlo impotente. Il modo in cui la sua mascella cesellata si tendeva e masticava la penna mentre pensava... Quando la consegna è arrivata con due grandi pacchi, è stato strappato via da quella posizione deliziosa. Sebbene Avery fosse stata inizialmente infastidita dall'interruzione, il suo dispiacere si placò rapidamente. Quando raccolse entrambe le scatole e le portò nel suo ufficio, una brezza soffiò attraverso le sue labbra larghe a causa dell'increspatura dei suoi bicipiti. Immaginò come sarebbe stato a torso nudo e i fluidi della sua figa si riversarono tra le sue gambe. Spedizione espressa. Tristan si sedette alla sua scrivania con le scatole sopra. Avery' L'attenzione di lei era fissata mentre studiava i muscoli del suo petto e il contorno dei suoi addominali che spuntavano da sotto la sua maglietta. Si chiese se la sua follia potesse essere attribuita alla sua gravidanza. Com'è potuto succedere, comunque? C'era, tuttavia, una cosa che non poteva negare: il suo finto fidanzato era sbalorditivo. Ciao, adorabile. Allora, come stai? le chiese, avvicinandole il sedile. Avery spinse giù un po' d'acqua, ma le sue voglie persistevano. Dicendo: "Grazie, ma sto bene. Sono solo un po' irritato per l'incidente accaduto prima". Per parafrasare, "Era così fottutamente eccitante". Tristan gettò indietro la testa, chiuse gli occhi e si passò le dita sul petto. La mia fidanzata intimidisce sia fisicamente che mentalmente e non potrei essere più felice. È un'osservazione civettuola? Cercando di nascondere il fatto che si sentiva accaldata ea disagio, Avery gli diede uno schiaffo sul ginocchio. Tristan si strinse nelle spalle e le sorrise con un'intensità che minacciava di farle sciogliere le mutande. Le prese la mano mentre la ritraeva e la tenne sulla sua coscia. Avvicinò ulteriormente la sua sedia e la posizionò tra le sue ginocchia. Era così assorta nel momento che non riuscì a vedere che la sua mano stava strisciando lungo la sua gamba. Era così concentrata a guardarlo che non si accorse nemmeno che si stava mordendo il labbro. Nessun dettaglio gli sfuggiva, comunque. Tristan si chinò e si scostò i capelli, aumentando la tensione tra di loro. Il sussurro di Tristan, "Sono appena arrivati i campioni freschi", le mandò un brivido di eccitazione lungo la schiena. "Posso aspettare qui mentre gli dai una possibilità?" Il rapido battito di Avery' Il cuore di s le rendeva difficile fare un respiro profondo. Sfortunatamente, non credo di essere in grado di affrontarlo in questo momento. Sai, perché non gli proviamo più tardi? "Quando i miei ormoni non mi fanno impazzire." Ti senti come se ti stessi ammalando di nuovo? Tristan la guardò preoccupato mentre le metteva le mani a coppa sul viso. Avery deglutì e si schiarì la gola mentre combatteva la tentazione di urlare. Solo un po' agitato, come si suol dire. Dopo che Tristan ha raccolto le scatole dei campioni, ha portato ad Avery un bicchiere d'acqua ghiacciata. Per il momento li metterò semplicemente da parte. Le fece l'occhiolino d'intesa e lasciò il suo ufficio senza dire una parola, ma lei osservava ogni suo passo. Lascia che ti assista in questo", si affrettò ad avvicinarsi Samantha con entusiasmo. Prima che potesse dire qualcosa, afferrò il pacco, che in qualche modo lo fece arrabbiare. Fin dall'inizio, Tristan si era reso conto che stava flirtando con lui e aveva fatto ogni sforzo per rifiutare gentilmente le sue avances. Sfortunatamente per lui, non sembrava afferrare la sua argomentazione. Ogni rifiuto le faceva desiderare di riuscire ancora di più. Sebbene inizialmente divertente, la situazione divenne presto noiosa per lui. Ora che aveva una possibilità con Avery, non l'avrebbe sprecata facendo lo zerbino per Samantha. Stasera uscirò con molte delle ragazze per un drink e speravo che tu potessi venire. Dopo aver chiesto, Samantha si è strofinato contro di lui "Temo di non poterlo fare". A quel punto Tristan non si sforzava nemmeno di essere cortese. Arrivato nel ripostiglio, li fece entrare. Entrò, posò la scatola sullo scaffale e poi prese quella che Samantha portava. "Oh no!" Quando la porta si richiuse sbatté, Samantha disse. Immediatamente, Tristan corse verso la porta e girò la maniglia. È chiusa a chiave", si rivolse a Samantha e osservò.